글 양태석

서울예술대학 문예창작과를 졸업한 뒤 1991년 월간 《문학정신》에 단편 소설이 당선되어 문단에 나왔어요. 지은 책으로는 소설집 《다락방》과 동화집 《아빠의 수첩》, 《나눔》, 《사랑의 힘 운동 본부》, 《책으로 집을 지은 악어》 들이 있고, 어린이 교양서로는 《초등 상식 활용 사전》, 《강물아 강물아 이야기를 내놓아라》, 《백성이 잘사는 나라를 꿈꾼 실학자 정약용》 같은 책이 스무 권 넘게 있어요.

그림 전병준

대학에서 산업디자인을 배우고, 지금은 한국출판미술가협회 회원으로 활동하고 있어요. 2002년 아시안 일러스트레이션 비엔날레에서 수상을 하고, 일본 순회 전시도 했어요. 작품으로는 《목왕의 기나긴 여행과 사랑》, 《고양이 다리 넷 솜장수 넷》, 《팥죽할멈과 호랑이》, 《호랑이와 곶감》, 《어린이를 위한 이기는 습관》, 《세상을 깜짝 놀라게 한 오천년 우리 과학》, 《어린이를 위한 선택》 들이 있어요.

너도 잘 할 수 있어

글 양태석 | 그림 전병준

초판 1쇄 펴낸날 2014년 8월 15일 | **초판 4쇄 펴낸날** 2020년 12월 28일

펴낸이 김병오 | **펴낸곳** (주)킨더랜드 등록 제 2013-000073

주소 경기도 파주시 회동길 366 | **전화** 031-919-2734 | **팩스** 031-919-2735

제조자 (주)킨더랜드 | **제조국** 대한민국 | **사용연령** 7세 이상

너도 잘 할 수 있어 ⓒ 2014 양태석 전병준

너도 잘할 수 있어

글 양태석 · 그림 전병준

킨더랜드

걱정하지 마.

일등이 아니라도 괜찮아.

친구가 먼저 손을 들어도 괜찮아.

친구가 먼저 답을 맞혀도 괜찮아.

조금 늦으면 어때?

꼭 일등이 아니라도 괜찮아.

모르는 것을 하나 배우고
모르는 것을 둘 배우고…….
하나하나 알아 가면 돼.
한꺼번에 다 알 수는 없어.

하나씩 하나씩 알아 가면 되는 거야.

일등이 아니라고 고개 숙이고

일등이 아니라고 자꾸 뒷걸음치면

너도 모르는 사이에 점점 작아져서

사람들이 너를 못 찾을지도 몰라.

어렸을 때는
발명왕 에디슨도 꼴찌였고
천재 물리학자 아인슈타인도
바보라고 놀림을 받았어.

하지만 끊임없이 노력해서
마침내 발명왕 에디슨이 되었고
천재 물리학자 아인슈타인이 되었어.
그러니까 지금 일등이 아니라도 괜찮아.

"넌 그것도 몰라? 바보!"

아이들이 놀리면 씨익 웃어 줘.

그리고

"나도 노력하면 잘할 수 있어. 조금만 기다려."

이렇게 말해 줘.

이런 자신감만 있으면 돼.

자신감만 있으면 너도 잘할 수 있어.

으르렁

아이들이 놀린다고
사자처럼 으르렁-
공룡처럼 크아앙-
화를 내지는 마.
붉으락푸르락 얼굴 붉히며 싸우지도 마.
혼자 숨어서 울지도 마.

나도 할 수 있다는 자신감을 가져!
용기를 내!
그러면
"앗! 이렇게 쉬운 거였어?"
"까짓것, 이런 것쯤이야!" 하고
큰소리치는 날이 올 거야.

너의 머릿속에는

아주 예쁜 생각 요정이 살고 있어.

이 요정은 네 옆에서 항상 너를 응원하지.

"넌 할 수 있어! 아주 잘했어!"

지금 이 순간도 너를 응원하고 있어.

처음부터 다 잘할 수는 없어.

누구나 조금씩 조금씩 잘하게 되는 거야.

한 문제 넘고

두 문제 넘다 보면

"헤헤헤, 정말 쉬운 문제네!"

이렇게 자신감이 생기는 거야.

때로는 정말 이해가 안 되고
때로는 헷갈리는 문제도 있을 거야.
물론 틀리는 문제도 있겠지.
그래도 괜찮아.

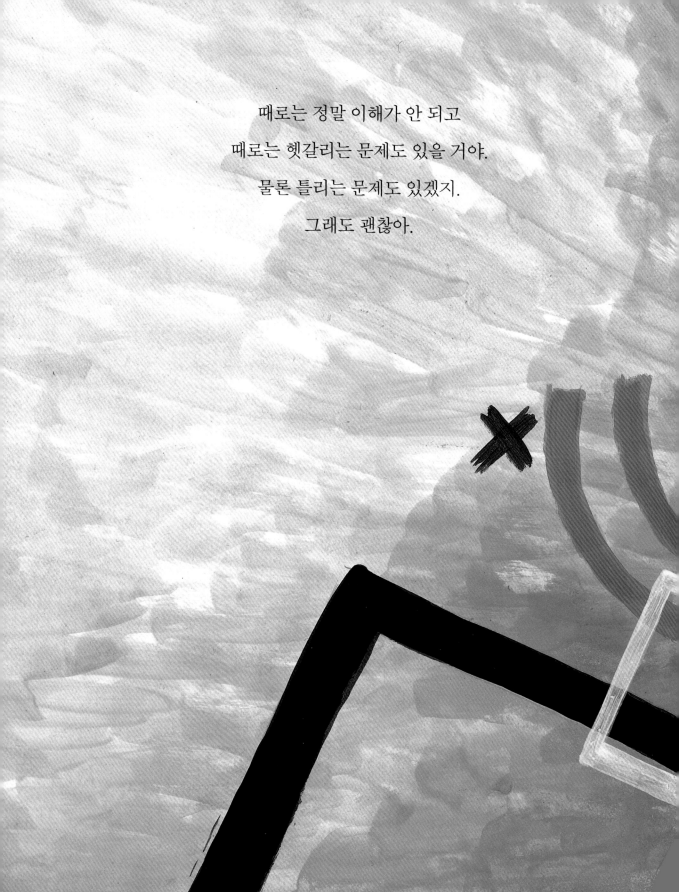

교실에 있는 친구들을 한 번 둘러봐.

'저게 뭘까?'

갸우뚱 갸우뚱

친구들도 고개를 갸웃거리고 있어.

너만 모르는 게 아니니까 걱정하지 마.

모르는 게 나오면
"왜 그럴까?"
"어떻게 하는 걸까?"
자꾸만 생각해 봐.
그러면 답을 알 수 있어.
너의 머릿속에 사는 생각 요정이
슬쩍 답을 가르쳐 주거든.

일등이 아니라도 괜찮아.

일등이라고 무조건 좋은 것은 아니야.

아무리 일등이라도

마음씨가 나쁘면 별로야.

아무리 일등이라도

잘난 체하면 보기 싫어.

친구들도

"쳇, 너 잘났다!" 하며 싫어해.

이 세상에는 공부 일등 말고도 일등이 무척 많아.

친구들과 다정하게 지내는 것 일등!

누구에게나 친절한 것 일등!

우스운 말 잘하는 것 일등!

이런 일등도 아주 멋진 거야.

친구들에게 인기 일등!

이것도 좋겠지?

오늘은 너에게만 특별히
비밀을 하나 말해 줄게.
엄마 아빠도 알고, 생각 요정도 아는데
너만 모르는 게 있어.
그건 바로
네 마음 안에는
무엇이든 할 수 있는
어마어마한 힘이 숨어 있다는 거야!

자신감을 가지고

나도 할 수 있다는 용기를 가지고

끈기 있게 도전해 보자!

그럼 너도 네가 원하는 일등이 될 수 있어!